# *momentos*

*Mauricio Gallardo Castro*

*Escritor*

## Introducción

Tal vez y con pocas palabras podríamos definir lo más difícil… es posible que con una sola mirada podamos conseguir los más preciado… quien sabe si con solo escuchar lograríamos algo mas que lo que hay en nuestras expectativas…

Estas y otras razones nos hacen pensar una y otra vez de lo especial en que podrían transformarse nuestros cotidianos desafios, sin embargo, perdemos a ratos algo de sensibilidad, sea por costumbres o simplemente deja de ser importante…

La vida es muy sabia, no espera mas que ojos abiertos y oídos mas sensibles…

Que decir entonces si acostumbramos a perder esta sensibilidad… la que podría solucionar la mayoría de nuestros problemas…???...

No cabe duda alguna que este podría ser el mayor motivo de grandes diferencias… que con solo una leve mirada o un tono de voz distinto al que se espera, destroza lo mas preciado…

Momentos, rescata y recuerda aquellos gestos, frases y tonos que pueden ayudarnos… increiblemente con pocas palabras… pero con un sentido intenso y directo…

Vivimos en horarios programados para solo hacer lo que nos da el tiempo…

Detenernos un poco y leer, puede ser un gran acierto…suerte..!!!

MGC

*A Todos…*

*Agua Fresca... Que Endulza tus Dientes... y Aviva el Paladar... Ojos Concentrados... Cuando Hablas... Sonrisa, Tal Vez... Voz Adaptada...*

*Juego de Aires Perfumados... Momento de Conquista... Para No Olvidar...*

*Te Fuiste… Sin Despedir… solo esperaba que golpearas la Puerta… Seguí con Mi Trabajo… Pero No Podia Concentrarme… que sera de Tí…???...*

*Solo vi que caminabas rápido por la calle…*

*sin imaginar cuan importante sería lo que harías…*

*La puerta estaba entre abierta… tu silueta*

*dibujaba aquella sombra inconfundible…*

*solo me detuve a mirar… y soñar…*

*Nada te molesta más… que discutamos… pero sabemos al mismo tiempo que es lo que nos une… discutir… para llegar al limite… siempre me lo has enseñado…*

*Tus ojos… siempre tus ojos…*

*inconfundibles…*

*Mirame… me encanta que lo hagas…*

*Tu seducción es enorme… solo yo la conozco…*

*Llegabas del trabajo… sin pensar más…*

*solo descansar en mi… siempre lo he sabido…*

*Tu belleza… no tiene maquillaje…*

*Te digo... el color de tus ojos... es el que solo yo puedo ver...*

*Siempre te amé… quizás no he aprendido*

*aún a demostrarlo…*

*Vi como cerrabas las cortinas… antes de dormir…*

*Acercate…!!!*

*Te arreglas en la mañana… por que así debe ser para los demas… pero para mi… no lo necesito…*

*Sonríe…!!!*

*Nos miramos en la mesa… sin saber que es lo que viene… es la mejor parte de la cena…*

*Sorpréndeme…!!!*

*Siempre pienso que eres la única persona…*

*Puedo tocar tu mano…???...*

*Que Linda se Ven Tus Pantuflas... Cuando Recien te Levantas en La Mañana...*

*Seamos honestos… a pesar de todo… nos amamos…*

*Cuando toco ese piano… solo te recuerdo…*

*Vi como leias ese libro… se que hay un mundo en ti…*

*Si no me amas… entonces… debes aprender…*

*Ahi estabas… en el pasillo de nuestra casa… esperando un momento especial…*

*Corre…!!!... que te alcanzo…!!!*

*Tu sencillez… me enloquece…*

*Tu boca… me anima…*

*No dejes de hablar… que quedaré sin voz…*

*He caminado mucho para encontrarte...*

*solo mirame... y sigamos...*

*Tuve un gran sueño… que termina cuando comienzo a dormir…*

*Si avanzas… yo también… si retrocedes…*

*yo te espero…*

*Los libros no te reemplazan…*

*Si supiera todo… no me sorprenderías…*

*Aprender de ti… es mi doctrina…*

*No me confundes… cuando dices la verdad…*

*Sobre esta montaña… te declaro mi convicción…*

*Dejame ver tus ojos… apoyados con tus mejillas…*

*Nunca dejas de conocerme…*

*No es lógico… que me mientas…*

*Camino por las calles… pensando en volver a verte…*

*Me transformas en noble…*

*La delicadeza… está en escucharte…*

*Ambos… es solo uno…*

*Dime lo que quieras… que yo ya lo sé…*

*El tiempo no entiende… lo que yo aprendí de ti…*

*Todos saben… que estas a mi lado… yo solo sé… que estás en mi…*

*El esfuerzo… nos caracteriza…*

*Todo termina con un beso…*

*Tocarte es… la razón…*

*La música nos despierta…*

*Entre mis brazos… descansas…*

*Te recuerdo…*

*Tus ojos… cerca… por favor…*

*Un salón…Piano… Chopin… Tu En La ventana… esperando… sublime sueño…*

*Miras en el balcón… sin dirección… algo dirás…*

*Corres para decirme algo… llegas y me miras… no sabes que decir… te escondes… sin voz…*

*La cocina… nuestro lugar favorito…*

*Siempre… me acostumbro a ti…*

*Contigo… tiene sentido vivir…*

*He tomado una decision… acompañarte…*

*Todo es nuestro…*

*Llegas del trabajo… me abrazas… descansas… tomo y acaricio tus pies… y me hablas…*

*Una simple conversación… donde sea… no importa… solo el exquicito sonido de tu voz… me alimenta…*

*Oir es un Don... Leer es un Arte... Hablar es Plenitud...*

*En El Descanso... Soñé que Había Soñado un Sueño... Estaba Dormido en La Rutina... y al Cerrar Mis Ojos... Desperté... y te ví...*

*Las Letras Dibujan el Pensamiento... Los Ojos... Te Encuentran...*

*Hay Cosas que Nunca se Deben Perder de Vista...*

*Siento que tomas mis manos… aunque no estés…*

*Cuando camino en las calles de la ciudad… espero verte… tal vez detrás de un ventanal… tomando un café… leyendo… o sonriendo al paisaje…*

*Los encuentros… nunca están programados…*

*Oí tu voz… y desperté...*

*Estaba en la orilla de un rio… mirando las aguas… hasta que apareciste entre los peces… no habia prenda sobre ti… saliste… te hablé… ofrecí tus ropas que estaban cerca mio… luego te fuiste… un placer… sin olvido…*

*Tocan los rostros con suavidad… volviendo*
*a los veinte…*

*Me miras de lejos… yo se por que…*

*Hay verdades escondidas…que no se cuentan… hasta que estamos con la persona indicada…*

*Dejemos que nuestra voz nos una…*

*Existen tres problemas… el tuyo… el mio…*

*y el nuestro… uno de ellos es el real…*

*Pensé que dormías… pero me observabas…*

*Que vamos a comer hoy…???... lo que quieras…*

*No me sorprende saber lo que piensas… sin decírmelo…*

*Hace mucho tiempo que soñaba con esto…*

*Tus manos me reviven…*

*Estás… que mas puedo pedir…!!!...*

*Siempre dices lo que aprendo… sin pedirtelo… eres lo que necesito*

*Cuando te escucho hablar… siento que una calma me gobierna…*

*Hemos crecido... juntos...*

*La magia… está en tus ojos…*

*Nada ni nadie… nos hace olvidar…*

*Has llegado a casa… esperé esto todo el día…*

*Dejame… ayudarte…*

*Me encanta… cuando te emocionas…*

*Yo escucho tu voz… no la que sale de la boca…*

*Debo agradecer… que existes…*

*Me invaden los sueños… cuando te veo…*

*me invaden las ideas… cuando te acercas…*

*Debo reconocer… que sin ti… no hay nada…*

*…Al Fin*

www.ingramcontent.com/pod-product-compliance
Ingram Content Group UK Ltd.
Pitfield, Milton Keynes, MK11 3LW, UK
UKHW020221250726
13967UKWH00001B/114

9 781105 987984